ガス

林哲佑《イム・チョルウ》

神谷丹路　訳

いちど信じてみたらどうですかって。先生を、私がですか。今、確かに私にそうおっしゃったようですが、間違いありませんね。はっきりと私の耳がそう聞いたんですよね。ふっふっふ。信じてほしい、信じてください……いやはや、どうもそのような話ですね。何と言いましょうか、ともかくなんだかちょっとおかしな話を、私にしてらっしゃるようですが。なぜかと言えば、私はいつも、誰かが誰かを信じるというのは、とても危険きわまりない向こう見ずな冒険だと思っているからです。ええ、そうですとも。それはとても愚かで危ない賭けなのです。例えば真っ暗な深夜に（月もない星さえない、そんな漆黒の闇の中でです）奥深い山の中で、ひょっこり見ず知らずのふたりがたがいに鉢合わせしたとき、ひとりがもうひとりに、鋭い刃物をおとなしく渡してやるような、危険きわまりない無謀なことだからです。刃物を借りるために、いや、ほんとうは奪うためなのですが、ひとりはじっともうひとりの目を見つめ、柔和な笑みを浮かべながら、「どうか、信じてほしい」と言うわけです。今まさに、先生が私に言ったようにです。ふっふっふ。多くの人はそういう場合、心が真夏の飴のようにすっかりやわらかくなってしまって、疑念を解いてしまうかも知れません。でも、私は違いますよ。その落ち着きはらった笑みに気持ちが揺れて、何気なく刃物を相手側に渡してしまったら、まさにその瞬間から、すべての事情がすっかり一八〇度変わってしまうということを、私はよく知っているからです。その刃物が約束どおり元の持ち主にすんなり返されるのか、それともむしろ、その凶悪な刃先が元の持ち主の心臓めがけて、一寸のためらいもなくまっすぐ飛んでいくのかを決定するのは、その瞬間から刃物を握った相手側だからです。ですからつまり、殺害する者と殺害される者をはっきりと選り分けるのは、ほかならぬその一本の刃物が決めることになるのです。考えてもみてください。ひとたび刃物を手渡された方が、つい少し前と同じように、信じてください、とは言わないだろうことは、わかりきったことじゃないですか。刃物を手にいれた瞬間から、目をかっと見開いてこう居丈高に命令するでしょう。「信じるのだ。信じなければならないのだ。そうしないと、お前は後悔するにきまってる」と。ふっふっふ。ところが、先生が私に、信じてみたらどうかとは、ふっふ、そりゃ、なんとも笑わせるじゃありませんか。

そうはいうものの、やつらも先生とまったく同じことを、私に言いましたがね。ええ、そうです。すこし前に、私をここへ連れてきて立ち去ったあの鉤鼻の男も、やつらの仲間でしょう。三日間も(いや、もしかすると五日間かも知れない)一瞬たりとも眠らせてくれなかったやつらですよ。そりゃあ、悪辣なやつらですよ。私はまったくこの二つの目ん玉が、焼き栗のようにじりじり焼け焦げてしまうかと思いましたよ。あんなことってありませんよ。私の顔だけを目がけて真っすぐに降り注がれるあの裸電球の光を、ちょっとでも見つめていれば、たちまち目玉が破裂するのではないかと思うくらい痛くなり、いっさい何も見えなくなるのでした。炭火が明々と燃えているカマドの中に、頭ごと突っ込んで倒れているような、ぞっとするような状態でしたよ。いまここで、私の頭をふたつに割って覗いてみたら、もしかしたら中は完璧な焼き芋かもしれません。ほんとうに、この数日間、私はまるでそこらへんの捨て犬同然でした。なだめたりどやしつけたり、無理難題を吹っかけるかと思えば、めそめそ泣き続ける子供をあやす真似をしてみたり……かと思うと、またやさしくタバコに火までつけて手渡しながら、そっとささやくように言うのでした。「おい、おれたち、いつまでもこんなことしてないで、仲よくしようぜ、どうだ。信じてみろ。いちど目をぎゅっと閉じて、お互いに信じてみようぜ。おれはお前さんを信じるし、お前さんは俺を信じる、どうだ」。くそっ、狡猾なやつらだ。けれども、私は騙されませんでした。やつらの口からは、一様に臭いがしたからです。猛烈な、ほんとうにぞっとする臭い。あの毒ガスの臭いです。えっ、なんですって、知らないですって。あの物凄い毒ガスの臭いを、知らないんですか。いやはや、信じられませんね。先生のようなお医者さんが知らないなら、いったい誰が知っているでしょう。あの物凄い臭いのせいで、私はずっと喉が苦しくて息もできないのに……

そんなことって、ありますか。

分かりました。それなら、毒ガスの話はもうやめましょう。先生もやはりほかの人と同じように、私のいうことを信じてはくれないのがわかってますから……。いえ、わざわざ弁解していただく必要はありません。そんなあからさまに、私の腹の中を探ろうと、無駄な努力はしないでください。やつらもやはり何日間も努力しましたけど、ついに私から何の自白も（そうです、あいつらは〈自白〉と言いました）引き出すことはできなかったのですから。だから私を、今日、こうしてここまで連れてきたんじゃないですか。あの、人でなしどもめ。実のところ、やつらは、もうそれ以上に私に勝つ自信がなくなったんですよ。とどのつまり、私が勝ったというわけです。ふっふっ。「ウソをつくな。狂ったふりをしてもだめだぞ。毒ガスだと。そんなデタラメを信じる間抜けがどこにいる。言ってみろ。お前の本音は何だったんだ。何のためにふてぶてしく、わざとあんな馬鹿げた真似をしていたんだ。それもよりによって、人でごった返す忠壮路《チュンジャンノ》のど真ん中でだ。」あいつらは数日間、夜昼代わる代わる現れては、ありとあらゆる術策と計略を用いたわけですが、私はついに口を開かなかったのです。舌を奥歯でぎゅっと噛んで、堪えて堪え抜きました。といっても、私が昔の独立闘士とか暗殺に失敗した刺客のように、舌を噛みちぎってまで、どうしても守らなければならない何か重大な秘密があったわけではないのです。もっとも、なぜかやつらが似たような誤解をしていたせいで、私をしつこく責めたてたてくたばらせようと思っていたのでしょうが、実のところ、私が最後まで口を閉じていた理由は、いとも簡単なことです。すべてが、あの毒ガスのせいでした。ほんとうにすさまじい臭いでした。やつらの、タバコのヤニで染まった黄ばんだ口の中からも、服からも、あのガスの異臭がぷんぷんと漂ってきましたし、全面白く塗られた四角い部屋のすみずみにも、あのぞっとする臭いが濃厚に染みついていました。私の座っていた、あのぎしぎしきしむ音を立てる鉄製の椅子や、そっけない四角い机、頭につきそうなくらい低く垂れ下がった電球、そしてコンクリートの床、ドアの取っ手、いたるところにべっとり、ねっとりとくっついていて、家を長く留守にして家に戻ったときよくそうであるように、手のひらですっとこすってみると、うっすら積もった塵のように、毒ガスの粉末が真っ黒くつくようでした。あるとき私が、ここはガス室ではありませんか、と尋ねると、やつらはげらげら笑いながら、私に向かって、こいつ、まだ冗談をいう余裕が残っていやがると言いました。一体全体、私はまったくもって息をするのさえ苦しくて、唇をきつく閉じ、鼻の穴、耳の穴はもちろん、体中の皮膚の毛穴さえ、ひとつ残らず塞いでしまいたいくらいでした。

でもここへ来たら、ようやく息が楽になりました。ふうっ、ふうっ。いいですか、喉を空気が通る感触がこんなにやわらかいんですよ。いやあ、ほんとうに久しぶりに毒ガスから逃れられた気分です。先生も頬がふっくらして、血色がよいようですけど、たぶんこうして、あまり汚染されてない空気を毎日吸っているせいではないかと思います。私もなんとか運よくこの病院に長くいることができたら、もっと良くなるでしょうけど。まあ、むずかしいでしょうがね。やつらが私を、そう簡単には解放しないでしょうから……。ろくでなしどもめ。ところで、先生。私のような監護患者の場合、（ふふっ、私が患者ですか）だいたいどのくらい病院にいることになるんですか。また、やつらの顔を見ることになるのかと思うと、ここに一日でも、いや一刻でも長くいられるといいんですがね。

なにはともあれ、ここまで来たのを今からべつだん悔やみたくはありません。おかげさまで久しぶりに車に乗って、外の風景も楽しみましたし……。もちろんあそこで（あのガス室のことです）過ごしたのは、三、四日くらいだと思いますが、私には十年にも相当するうんざりする堪えがたさでした。さきほど市内から南坪《ナンピョン》まで来る間、私はずっと窓から外を見ていました。車窓ごしにちらっとトゥドゥル江を見ましたが、川の水がすっかり干上がっていました。道路沿いの山の木々も紅葉が少し始まっていて、もう早稲米を刈る田んぼも見られました。以前は何も考えず漠然と過ごしていましたが、それらのすべてが、今日はにわかにまるで違って見えました。私がいつも通っていた白雲洞《ペグンドン》の汽車のトンネルを通ったときは、おもわず涙が出て妙な気分になりました。見慣れた街を人々が行き交い、トンネルの花壇のわきには靴みがきのおじさんが、今日もいつものように同じ場所に座っているのを見ましたら、いまもまだ世の中は数日前とまったく変わらずにあるのだと思えて、少しほっとしました。

実際のところ、私なんて夢のない平凡でつまらない男です。私は、まあ冬は暖かなオンドル部屋のある一軒家で、やさしい妻と子どもはふたり（ふふっ、まだ私たちには子供はひとりもいませんがね。結婚が遅かったこともあって……でもおよそ一カ月後には子どもが生まれます。妻に似た目の大きいかわいい子でしょう）もうけて、つつがなく、そこそこの暮らしができれば、それほど後悔はしないだろうと、いつも自分なりに思ってきました。考えてもみてください。私はいままでほかの人々と同じように、平凡でつましい暮らしをしてきました。それこそ弱い、何の力もない小市民そのものですよ。おまけにご覧のように、体重計の針が五十キロあたりで行きつ戻りつするという貧弱な体軀のうえ、いまもって鶏一羽絞めたことがないという臆病者なのです。なのに、くそったれ、やつらは私に向かって、何のもくろみがあるんだとか、はやく自白しろというのです。自白。自白ですよ。自白、陰謀、自白、謀議……それらすべては、まさにあのとんでもない毒ガスのせいでなくて何でしょう。けれども私にいったいどうしろというのです。そもそも息ができないというのに。わずかの隙間でも、鼻といわず、耳といわず、喉といわず、あのおぞましいガスがひたひたと忍び込んできて、窒息してしまいそうなのです。

1　被鑑定人の人的事項
姓名：許相九《ホ・サング》
性別：男
年齢：四十歳
住民登録番号：440518-155XXXX
本籍：全羅南道 和順《ファスン》郡同福《トンブク》面
現住所：全羅南道 光州《クァンジュ》市花亭《ファジョン》洞 8X0

職業ですか。私は美術を専攻しました。もうすこし正確には、漫画家といえば正しいでしょうか。ある人たちからは、あれは芸術に入れることができるのかね、と皮肉って訊かれることもありますが、とんでもないことです。誰の前へ出ても、私は堂々と、自分の職業に関する限り大きな誇りをもっています。よく絵画は、固定され限定された空間の中に表現される、静止した芸術だと一般にいわれますが、漫画は決してそうではありません。漫画は線で構成されますが、その線とはすなわち、生きている生命体の動きを躍動的に表現するもうひとつの運動体なのです。したがって漫画の線は、多彩でエネルギッシュなある瞬間の律動を捉えるために、つねにいっぱいに張られたゴムひものように、ぴいんと緊張しています。例えて言えば、スタートの合図を待つあいだ、全身の神経をひたすら一点に集中させ、ぎりぎりのラインに立っている短距離走者の、筋肉の腱にも似ているといえましょうか。それはけっして静止でも、固定でもなく、刹那の弾ける爆発のように、溢れる生命力それ自体だということができます。

私は今まで（いいえ、正確にはこの春まで）まる三年間、ずっとこの地方のH新聞社の漫画を担当して描いてきました。ああ、ご存じでしたね。そうです。そのとおりです。その新聞の漫画と時事漫評欄は、ずっと私が担当してきました。よくいわれましたけど、このごろの人たちは新聞を手にしたら、まず最初に見るのが漫画欄だと。そのため新聞社側では、過剰なくらい敏感に関心を払ってきましたし、読者と新聞社双方の期待が大きければ大きいほど、漫画家の責任と言いますか義務も、重くしんどくなるのも事実です。ともあれ私は、自分の仕事につねづね満足しているほうでした。大学四年間は洋画を専攻し、除隊後は六、七年くらい錦洞《クムドン》の旧市庁前で、学生相手に絵画教室を開いたこともありましたが、何よりも私は新聞の片隅を完全に自分だけで占有し、自分の描く人物がはつらつと動く姿に接するとき、漫画家という職業に手ごたえを覚えましたし、たまには誇りとかやり甲斐を感じることもありました。もちろん、そんなことはまれで、まあ、めったにないことでしたけれど。
ところがですよ、先生。いつからか、私はにわかに、ペンを握って机の前に座るのがしだいに怖くなりだしたのです。（それがいつからなのか……ええ、そうです。あのおぞましい毒ガスの臭いが爆竹のように弾けて、ビルや家々の屋根、路地という路地、通りという通りにあたりかまわずいっぱいにたちこめて、ゆらゆらと漂いはじめた、まさにあのころからでした……。）

2　鑑定方法

鑑定を受けた日（一九八四・一〇・X）から一九八四・一〇・Xまで、全南M郡O面所在国立M精神病院に入院させ、精神医学的診察及び面談、神経学的検査、理化学的検査、脳波検査、頭蓋骨及び胸部放射線検査、知能検査を含む心理検査、参考人との面談、入院期間中の病床日誌、K市警察署から提供された書類等を参考にした鑑定書を作成した……。

ある朝でした。いつものように出勤して机の前に座っていると、局長が私を呼んだのです。編集会議を終えたばかりのようでした。局長はいきなり、お前、気でも狂ったかと、目をかっと見開いて睨んだのです。机の上には、その前日に私が描きあげた四コマ漫画の原稿が置いてあったのですが、それはすでに数時間前に印刷され、配送にまわっていました。局長はそれを、熊手のような手でどんどん叩きながら、顔をしかめました。何か問題が起こったのだな、と直感しましたが、私はさほど驚きませんでした。早晩こういうことが起こるのではないかと、予測していたからかもしれません。「いったいどういうことだ、誰をひどい目にあわせたいんだ。気は確かか。ピカソでもあるまいし。韓国一の巨匠のつもりかね。まったくどういうことだ。誰の身を滅ぼさせたいってんだ。今がどんなご時世と思ってか、人を食ったように、こんな漫画をぬけぬけと描くやつがあるか。おいっ。」局長は怒りが収まらないというように、原稿をわしづかみにすると、私に向かって投げつけたのですが、おかしなことに、紙が突然、固くて薄く鋭いカミソリの刃に変じたかのように、まっすぐ私の鼻先に飛んできて、ばしっとぶつかったのでした。まわりの同僚たちがいっせいにげらげら笑いだし、その騒がしい笑い声に包囲された私は、しばらくその場に呆然と立ち尽くすほかありませんでした。(笑い声。げらげらという彼らの笑い声の中で、私は銃声を聞いているような気がした。笑い声。銃声。笑い……。無数の銃口から一斉に飛び出してくる銃弾の発射音。そしてふたたび笑い声。)「これのせいで問題が起きても、これからは君の責任だぞ。私は責任は負わんからな。まったく、自分だけが良心的なふりをするんじゃないぞ。」局長のしゃべり立てる声を、私は夢の中のように耳元にかすかに聞いていていました。憤怒とか恥辱などの感情さえありませんでした。私はただ目の前の少し離れたところの閉じたガラス窓を蹴破って、五階から下の地面に向かってぱあっと飛び降りたい、ということだけを考えていました。いいえ、ガラス窓のへりから足を離した瞬間、どういうわけか私の体は地面に向かって真っ逆さまに落ちるのではなくて、宙空にふわりと浮かび上がり、この街の空をすいすいと泳いで、どこまでも風船のようにふわふわと飛んで行くかもしれないと思いました。

翌日の午前中に、見知らぬ男が二人、私をたずねてきました。やりかけの仕事をだいたい片付けると、彼らのあとをついて出ていくまで、同僚たちはみんなずっと不安そうな目で、私を横目でのぞき見ていました。玄関前に黒塗りの乗用車が待っていました。車の中で、私は立て続けにタバコを吸いました。一度は隣の男がライターの火を近づけてくれたのですが、火をつけようとして首をかがめると、私の指は哀れなほどぶるぶる震えていました。先生、緊張することはありませんぜ。たいしたことたあ、ありませんから。男がささやくように言って、にっと笑うのでした。意外にも、彼は人の良さそうな顔をしていました。

私が初めて連れていかれたところは、とても広い、天井の高い部屋でした。奇妙なことに、四方はきれいな白い漆喰の壁なのに、壁には何の装飾もポスターもなく、まるでがらんとした箱の中に入れられたようでした。彼らは私一人を部屋に残して、どこかへ立ち去りました。

何も音の聞こえないその部屋で、私が目にするものといえば、ただ天井に取り付けられた裸電球ひとつと、全面白色に塗られた四方の壁だけでした。誰かまた現れるだろうと思って、部屋の中央に置かれた小さな木の椅子に座りました。ところがなぜか、誰もドアをあけて入ってこないのです。時間はたち、唇はかさかさに乾き、私はあらゆる不安が膨らんで、恐怖でぞっとするような妄想に苦しめられながら、どうすることもできず、その角が擦り減って光る古びた木の椅子に、丸くなって座っていなければなりませんでした。やっと一人の男が、お盆にクッパ〔ご飯入りのスープ〕と黄色い大根の漬物を持って現れました。そいつがそれを机の上に置いて立ち去ろうとしたので、私はいったいどうなっているのだと訊きました。「もう少しお待ちを。まだ担当者が戻ってきていないので。あと少しですべて終わるはずですから。」男は平然とそう言うと、部屋を出ていってしまいました。時計を見ると、いつのまにか昼飯の時刻は過ぎていました。箸とスプーンを手に取り、二、三度むりやり口に運びましたが、まるで砂を噛むような味しかしなかったのでやめました。スープはすっかり冷め、その冷めたスープの具の上に白っぽく油が固まってから、さらに数時間が過ぎましたが、やはり何の音沙汰もありませんでした。

二度目の食事が運ばれてきて、ようやく夕飯の時刻だと気がつきました。今度は、はじめから箸もスプーンも手にすることができませんでした。唇が白く乾き、舌が塩漬けにされたようにひりひり痛みました。わけもなく、腹の中のものを全部吐き出したいくらい胸がむかつき、めまいで頭がくらくらしました。それからまたかなりの時間が流れましたが、依然として誰も現れませんでした。倒れない程度にかろうじてからだを椅子にもたせかけ、朦朧とする頭と闘っていると、ふと夢の中のことのようにドアが開いて、一人の男が入ってきました。すでに疲弊しきっていたので、そいつを見ても立ち上がれもしませんでした。背が低く胸幅の広い、がっちりした体格の男でした。そいつはひとりで、にっと陰険に笑いました。「こりゃあ、長いこと待たせて悪かったですなあ。何か手違いがあったようで。たいしたことじゃなかったのに。たいへん申し訳なかったですが、どうか許してやってください。もう、お宅へ帰られてかまいませんよ。はっはっはっ。」私はすんでのところで、手を離して椅子の下へ転げ落ちそうになりました。男の馬鹿でかい豪快な笑い声が、頭の中にきんきん鋭い金属音のように響くようでした。しばらく呆然と座り込んでいると、そいつがタバコを取り出して私の口にくわえさせ、親切にも火までつけてくれました。「お疲れのようですな。お食事はなさるように言ったじゃありませんか。先生もそのようですが、芸術家というのは体を大事にしないタイプが多いようですねえ。衝動の抑え方を知らないというか。熱情も結構、気迫も結構ですが、人が世の中を生きていくのは、ちょうど大通りの雑踏を渡っていくのと同じじゃありませんか。前後左右をよく見ないと、いつ事故に遭うかわかったもんじゃありませんからね。ええ、そうですとも。はっはっは。」男は高笑いをすると、ふと、忘れていたというように、手に持っていたものを机の上にそっと置いたのです。一見したところ、ただのノートのようでしたが、男が表紙をめくると、それは私の漫画を切り抜いたスクラップブックでした。「私も、先生の漫画を、かねてより興味深く読ませていただいている愛読者の一人なんですよ。面白いですし、何といいますかエスプリの利いた場面がたいへんいいですねえ。一度、ぜひお目にかかりたいと思っていましたが、こうしてじかにお会いしてみますと、想像していたよりもはるかに静かで柔和な印象ですね。ご健康がちょっと……あまりよくなさそうに見えることを除けばですが。はっはっは。」

私は男について立ち上がりました。足が震え、全身の力がすっかり萎えて、虚脱感に襲われました。あのがらんとした空の四角い白い部屋を出ようとすると、男が振り返って肩に優しく手をおき、私の目を正面からのぞき込むのでした。「ところで、先生。いや、これからはよくお考えになって描いてくださらんと。はっはっは。なんの、誤解しないでくださいよ……。そういえば、かの許性洙《ホ・ソンス》さんってのは、先生の伯父さんにあたられるんだそうですね。」私を睨みつけるそいつの鋭い目は、釣り針のように小さく細く、こちらからは瞳がまったく見えないくらいでした。けれども私は、尖ったその釣り針の先にひっかかり、身じろぎもできませんでした。そいつの口から伯父の名が飛び出したことに驚愕し、衝撃を受け、しばらく息がつけませんでした。私はすでにもうだいぶ以前に、その名前をすっかり忘れ去っていました。私だけでなく、うちの家族や親戚の間では、以前から話題にするのを避けていたので、いつのまにか不吉な夢の話のように、はるか昔に忘れ去った名前だったからです。数人の村人の命を奪い、智異山《チリサン》の奥深くへ、深夜、痕跡もなく逃走していったあと、今日まで生死もわからない伯父の名を男から聞いた瞬間、私はすんでのところで、そいつの前にひざまずきうずくまるところでした。すっと脇を抱えられました。お体が弱いんですな。早く帰ってお休みになられるのがよろしい。男が妙な笑みを浮かべてささやきました。その白い部屋を出ると廊下があり、そこで男と別れました。男はついにそれ以上、何も言いませんでした。私はよろよろと、長い廊下を一人で歩いていきました。コツ、コツ、コツ……。何度、自分の足音にぎょっとして後ろを振り返ったかわかりません。今も、自分一人ではないような気分、一人でこの廊下を歩いているのではないような気分、これからはもしかすると、永遠に一人で自由にはできないだろうという思い、誰かがじっと隠れて私を尾行しているという思い……。そんなありとあらゆる疑念が、名状しがたい不安となってしきりに首をもたげるのでした。

外は雨でした。いつの間にか、夜になっているのに驚きました。時計をみると十時を過ぎていました。十二時間。そうです。私はちょうど一日の半分を、あの白い部屋の中で、死に装束のようなただ白いだけの四方の壁を見つめて過ごしたのです。昔話にあるじゃないですか。山へ柴刈りに行ってちょっと昼寝をしたところ、うっかり寝過ごしてあわてて起きてみたら、その間に数十年が過ぎていたという話が。はじめはまったくそんな気分でした。長い間塀の中に閉じ込められていて、たった今釈放されて出所した囚人のように、ほんの少し前までの出来事がはるか昔のことのように思えて、現実感がまったくありませんでした。あの建物を出てしまった後も、しばらくは朦朧として、目に入るもの何もかもに違和感を覚えました。

雨の中を歩きだしました。ざあざあ降りの、珍しいくらいの土砂降りでした。ときたま吹きつける強風に、雨脚が斜めに吹きつけました。いくらも歩かないうちに全身ずぶ濡れになり、下着の中まで雨粒が流れ落ちました。傘を買わなければとも思わず、私はただ魂の抜けた人のように、土砂降りの雨を全身で受けながら、よろよろ歩いていきました。どこというあてもなく、むやみやたらにです。冷たい雨がむしろ快適でした。このままどこかへふらふらと消えてしまえば、水蒸気のように痕跡もなくこの世から蒸発してしまえば、と私は願いました。遅い時刻で雨まで降っているせいか、商店はほとんど閉まっていて、行き交う人もほとんどいませんでした。忠壮路《チュンジャンノ》一街〔一丁目〕を過ぎて左に曲がると、道庁前広場に出ました。全身ずぶ濡れのまま、私は広場沿いの道を歩いていきました。とにかく車を拾って家に帰らなければと考えながらも、なぜか私は、そのまま錦南路《クムナムノ》の辺りをうろうろと歩き回っていました。漁協の建物の前の階段で、少し雨宿りをしようとうずくまって座りました。ふとタバコが吸いたくなって内ポケットを探ると、すでにぐっしょり濡れていたので地面に捨てました。目の前にはがらんとした広場が見え、噴水台を回ってときたま車が忙しげに走り去るだけで、行き交う人の姿は不思議なほど目につきませんでした。

私がどれくらい長い間、その階段にうずくまって座っていたのか、よくわかりません。確かにドブネズミのようなずぶ濡れの格好で、少しうたた寝をしたかも知れません。正面の道庁の屋上の電光時計が零時を指していて、道の向こう側の尚武館の前の片方電球の切れた街路灯が、雨の中でかすんだかと思うと、また視野に入ってきたりしました。まさしくそのときでした。私はその瞬間はじめて、あの臭いを嗅いだのです。奇妙な臭いでした。得体の知れない不快な臭いが、どこか近いところからひたひた湧き上がってくるようでした。本当です。信じてください。私の言うことを信じてください。まったく不気味なひどい臭いがしたのです。いいですか、いつからかわかりませんが、この都会の上に降り注ぐ雨には、確かにあの異臭が、あたかも長い間隠されてきたとてつもない陰謀や身の毛のよだつ血の罪悪の記憶のように、むせるように鼻孔を刺激するのでした。だからこの都会の屋根にざあざあと降り注ぐ雨は、いつも真っ黒な色をしているのです。黒い雨。それは死の雨です。ベトナムの密林の上に濃厚に降り注ぐ黄色の雨と同じくらい、この上なく有毒なその呪いの罪悪の雨、ご存じないんですか。ほんとうですか。私たちはいまも三百六十五日、毎日その、墨汁よりももっと黒い雨を、頭、顔、体といわず、全身に受けて生きているのです。その雨粒にひとたび触れると、そこにはすぐさま黒い穴がぽつぽつとあくのです。手、足、胸、額、目、鼻、首、背や腰、肩、もも、ふくらはぎ、後頭部、腹、頭蓋骨……。あたりかまわず雨粒は私たちの肉体目がけて乱れ飛んできて、ぽつぽつと穴をあけ、あるいは深く黒ずんだ入れ墨を、きれいな娘の肌のあちこちに残したりするのです。たぶんご存じでしょう。ですよね。ふふふっ。表向きは何も知らないふりをしてまことしやかに暮らしている先生と、私と、そして他の大勢の人々の心の奥の、うんと深くに刻まれているあの無数の穴や、あるいは今まさに腐りはじめた獣の死体のように、黒ずんだあるいは赤黒く濁ったような美しい（そうです、ええ、醜いためによりいっそう美しい）あのたくさんの入れ墨のことです……。

はじめ私は、あのすさまじくひどい臭いが、確かにどこか近くから漂ってくると思って、首をめぐらせて闇の中を見回してみましたが、何も発見できませんでした。得体の知れないその臭いは一向に消えず、むしろしだいにはっきりと漂ってくるのでした。ついには鼻をつままなければならないほど強烈になってきて、私は懸命にその出所を突き止めようとしましたが、目に入るのはただ土砂降りの雨と真っ暗な闇ばかりでした。何というか、ともかくやけにおぞましいぞっとする臭いでした。たちまち喉がうっと詰まり、胸が裂けそうに苦しくなってきたのですから。そのときにわかに、私はその正体の見当がついたのです。毒ガス。そうです。毒ガスです。軍隊にいたとき、毎年一回遊撃訓練があったのですが、そのときまさに、あれと似た毒ガスを嗅いだ経験がありました。四方を密閉したテントの中に、防毒マスクを被ったまま数十名が、アヒルのようによちよち歩いて入ると、訓練士官たちが後ろで扉を閉め、我々にすぐさま防毒マスクを取れと命令しました。もちろんガスの充満したその中で、彼らは防毒マスクをつけたままです。殴られるのが怖くて、我々は言われるまま防毒マスクを外しましたが、その瞬間からとんでもない地獄でした。わずか二、三分の間の、そこで吸い込んだ毒ガスのせいで、外へ飛び出してからも、涙と鼻水まみれで苦しまなければなりませんでした。ところが奇妙なことに、私はあの時のあの毒ガスの臭いを、その瞬間、雨宿りをしていた漁協の前の階段で、ふたたび嗅いだのです。そう、そうなのです。鼻孔が爛れ、喉を締めつけ、やがて窒息させる恐ろしく残忍な毒ガスです。あるときは錆びた鉄の臭いのようでもあり、あるときは生臭くまだ体温の温もりの残る獣の死体から、ゆらゆら立ちのぼる血の臭いのようでもあり……。たぶんそれは、はるか遠い昔から人間の血の中に潜んで伝えられてきたおぞましい罪悪の臭いか、このうえなく醜い背信の臭いかもしれません。

私は喉が裂けそうなその臭いに、息切れがしました。その刹那も雨は土砂降りで、たまに通り過ぎる車のヘッドライトが斜めに見えました。そうしているうちに、閉まったシャッターに背をもたせ掛けたまま、しばらく寝入ったようでした。どれくらいたったでしょうか。ふと目を開けてみると、雨脚がいつのまにか私の座り込んでいるところまで濡らしていたのです。すさまじい強風が吹きはじめました。広場には人っ子一人いず、街路灯の光に照らされて、道端のイチョウの木々が、枝ごと大きく揺れて地面に倒れそうになる寸前に、また身を起こす様子が見えました。道庁の屋上の電光時計が一時十五分を指していました。そのときにわかに恐怖が湧き上がってきて、寒さと空腹で全身を悪寒が襲い、あごががくがくと震えてきました。壁をつかんで立ち上がろうとしても、体はまったくいうことをききませんでした。気をしっかり持たなければと、もう一度その場にしばらく座り込んでいると、大粒の雨はトノサマガエルがひどく騒ぎたてるようにますます激しくなり、木々をなぎ倒さんばかりの風は、狂ったように辺りを席巻しながら吹き荒れていました。雨と風が渦を巻いてもつれ絡み合うたびに、家々の屋根から、電信柱のてっぺんから、電線や路面から、建物の屋上や官公署の国旗掲揚塔の先から、鳥肌の立つようなぞっとするうなり声が、びゅうびゅう聞こえてくるのでした。それは泣き声でした。大勢の人々が大きく口を開けて、わあわあと叫び立てる悲痛な泣き声、叫び声、断末魔の悲鳴、そして息も絶え絶えに追われて行く乱れた足音、音、音……。ええ、それは悪夢でした。あれほどのおぞましい光景を誰が想像できるでしょうか……。

　ところが、まさにその瞬間、私は見たのです。たしかにこの両目ではっきりと目撃したのです。今まで私がいくら言っても、会う人はみな口をそろえて嘘だろう、幻を見たんだろうと言って、信じてくれませんでしたが、こんちくしょう、ほんとうなんです。はっきりと見たんです。この二つの眼で、しっかと。信じてくださいますか、先生……。いえ、もしかするとあの人たちの言うことのほうが正しいのかもしれない。私はただ幻を見たにすぎないのかもしれない。うっ……。しかしです。あれが幻影に過ぎないとは、私には信じられないのです。なぜならはっきりと私は見たからです。ほんとうですったら。

　人々でした。大勢の子どもや若者、そしてもっと年齢がいっているように見える男や女の姿が見えてきました。あの漆黒の闇の中、まさにあの広場のど真ん中にです。車の通りはもうだいぶ前に途絶えて、風雨がもつれ合う闇の向こうから、何かがのたうつようにゆっくりと身を起こしはじめたのです。はじめ、それは何かの影がちらついているように見えたのですが、しだいに輪郭があらわになってきたのです。私は息を詰め目を凝らして、大勢の人々がアスファルトの地面からひとり、ふたりと、まがった体を起こしはじめる様子を凝視していました。はじめから最後まで。ザザアッ、ザザアッ……。雨はとてつもない勢いで、広場の舗道の上を殴るように吹きつけ、アスファルトについた黒い染みや、路面の細かな割れ目に詰まった積年の塵や煤煙で汚れた垢を、洗い流していました。やがて分厚い地面のどこからか、あの年の晩春のあの日、まさしくその場所にこびりついたどす黒い染みやおびただしい足跡、叫び声、そして誰かの薄れゆく最期の息遣いまでもが、ひとつひとつくっきりと現れてきました。一、二、四、五、十、十二……。いつのまにか広場は数十、数百の影でいっぱいになり、彼らはみな口々に、赤い花びらを一枚ずつくわえているのでした。赤いモクレンほどの花びらでしたが、それよりずっときれいで鮮やかな赤い花びらは、人々の唇や頬にも、首筋や胸や脇腹や太腿にも貼りついていました。そのせいで全体に赤く見える人々の顔は、しだいにひと塊になってゆっくりと動き始めました。十匹ずつ繋がれた魚の干物のように、数珠繋ぎにされた人々が、一列に長くなってのろのろ歩みはじめると、ガチャンガチャンという足かせの音と、地面を引きずる鉄鎖の音が聞こえるようでした。背を向け闇の彼方へ遠ざかって行く人々に向かって、私はあわてて叫びました。おーい、どこへ行くんですかあ。おーい。けれども舌が縮こまってしまって、ついに声にはならなかったのです。その間も人々はどんどん遠ざかっていき、まもなくすっかり消えてしまいました。おそらく私はそのとき、気を失ってしまったようです。目を開けると大学病院の救急室で、妻がベッドのわきですすり泣いていました。通りがかった見回りの防犯員が発見してくれて、おぶってそこまで来てくれたということでした。

悪夢のようなその晩以来、私は突然、ペンを握るのが怖くなりました。出勤してその日手渡す漫画を完成させなければならないことが、しだいに苦役になり、辛く感じられるようになりました。真っ白い紙の上に、最初の点をポツンと描きはじめることが、いきなりとてつもない意味として私に迫り、そのたびに、あの四方の白い壁の記憶とともに、おぞましい毒ガスの臭いが私を苦しめたのです。息ができないのです。喉がいきなり塞がれて、まるで誰かが私の喉を力いっぱい締めつけているように、胸が苦しくてたまらなくなるのです。脂っこいスープの味と、伯父と、行けども行けども出口のないような長くて狭い廊下と、広場での恐ろしい記憶などが、日ごと脳裏をぐるぐると駆け巡りました。何よりも、先生、私は直線を描くことができなくなりました。直線。世の中のあらゆる事物を、みじんの疑いもなく二つの側にすっぱりと完全に分けてしまう、あの断固たる強力な線のことです。ペンを握る手がぶるぶる震えて、定規なしにはどんな簡単な直線もまったく描けなくなりました。

そのせいで新聞は、何度か漫画が間に合わないまま印刷にまわされました。すべて毒ガスのせいです。会社でも家でも街でも布団の中でも、あのおぞましいやつから逃れることができないのでした。真夏もマスクをしたり、一日中ハンカチで鼻を覆って我慢したりもしましたが、何の役にも立ちませんでした。一度は病院に行って訴えましたが、気管支に異常はないし、むしろ精神神経科を訪ねて相談してみたらどうかと言われました。あきれ返ってものも言えませんよ。どうして私だけ、こんなふうに毒ガスのせいで苦しまなければならないんでしょう。ほかの人たちは、まったく平気だというのに。どうして他の人たちは、あのおぞましい毒ガスの臭いが分からないのでしょう。どうしてでしょう、先生。

結局、新聞社は辞めました。いえ、それは正しくありません。やつらが私を追い出したのです。ある日いきなりです。「許《ホ》さん、だいぶ体が悪いようだね。いくら頑張っても、もうこれ以上仕事を続けるのは無理なんじゃないかい。そう寂しがらずに、当分の間、家で療養するほうがいいんじゃないかね。」局長はそう言いましたが、お笑いぐさです。私が、その黒い腹の中を知らないとでもいうんですか。解雇ですよ。失業者になったわけです。でもそのときは何が何だか、首を切られるということを、どう受け止めればいいのかさえわかりませんでした。しかし漫画家にとって紙面を奪われるということは、声楽家が声帯を切り取られるのと同じです。とすれば、私に任されていた新聞のあの小さな空間は、たぶん世の中と私をつなぐ、小さな息の通り穴だったのかも知れません。その息の通り穴が塞がれると、私は一日一日自分に死が近づいていることを、しだいに悟りました。

会社を辞めてからの六カ月間、私はほとんど何もせずに過ごしました。一日中家に引きこもり、オンドル部屋でごろごろと寝て、昼になったのか夜になったのかも知らずに、横になっていることが多かったのです。どうしたわけか一度か二度、旅行に行ったこともありましたが、興味もわかず何の意味も見いだせませんでした。毎朝妻が出勤したあと留守番するのが、自然と私の日課のようになり、またそれは実際、私が妻に対してできる唯一のことでした。ふふっ。妻は小学校で子どもたちを教えています。早朝から起き出して慌ただしく食事の用意をすると、重たい身で出勤するためによろけながらドアを開けて出て行く妻の後ろ姿を、私はいつも布団の中で眠たい目で見送るのでした。バスで一時間半はゆうにかかる和順《ファスン》にある田舎の学校まで行くには、妻はいつも急がなければならず、私は十二時くらいになってようやくのそのそ起き出すと、朝食兼昼食を一人で食べました。それから朝刊を手に取ると、広告まで二、三度ずつじっくりと目を通したり、古い雑誌や小説などをぱらぱらめくったりすると、また昼寝をし、妻が家に帰ってきて、揺すられて起こされるまでひたすら丸太ん棒のように横になっているのです。ほとんど毎日のように繰り返されるこうした暮らしが、つまらないとか退屈だとか思ったことはありません。いつも後頭部がけだるく、全身が疲労して、眠くてたまらなかったのです。そのくせ絵筆を取るとか、落書きまがいのスケッチを描きなぐってみるとかいうことも、ついにありませんでした。結局、私は何もできないという絶望感で、しだいに一人で酒を飲むようになりました。すべてはおしまいで、もう絵を描くこともできないという、激しい恐怖に堪えられなかったのです。酔えば眠り、目覚めればまた飲み……、妻の言ったように、私はすっかり廃人になってしまったのかも知れません。

ですからその日は、たぶん先週の日曜日だったはずです。妻が昼間も家にいましたから。いつものように朝食を抜いたまま横になっていた私は、夢うつつにどこからか聞こえてくる異様なうめき声に、はっとして目を覚ましました。ミョォーンギー。ううっ、かわいそうな私の子。泣いているような歌っているような哀れな声は、隣の部屋から聞こえてきました。私は体をぱっと起こすと、ふたたび身を横たえました。冷や汗が全身から吹き出ていました。そばで縫い物をしていた妻のほうがかえって驚いた様子で、何か不吉な夢でも見たのかとたずねました。

その哀れなうめき声は海南宅《ヘナム》〔結婚した女性に対する古い呼び方。出身村の地名に「宅」をつけて呼ぶ〕という、だいぶ前からわが家の玄関脇の小部屋を間借りして住んでいる老女の声でした。還暦を過ぎたばかりというのに、すでに顔のあちこちに染みが浮き出ていて、はた目には七十をとうに越えた老婆に思えました。海南宅には明基《ミョンギ》という二十二、三歳の息子がひとりいて、若いころ夫と死別した後は、母ひとり子ひとり、赤貧洗うがごとき貧しさの中、たったふたりきりで暮らしてきたそうです。高校をなんとか卒業すると、光川洞《クァンチョンドン》工業団地の鋳物工場とかに勤めだし、いつのまにやら技術者になったという海南宅の自慢の息子は、一九八〇年のあの晩春の日の朝、いつものように弁当を持って家を出たあと、どういうわけか杳《よう》として帰ってきませんでした。どこかで彼を見かけたという人もなく、僕はここに暮らしていますという一通の手紙もないまま、あの目元の涼しい息子は、もう四年も音沙汰がないのです。そのせいで、海南宅は来る日も来る日も涙に明け暮れていました。喘息もちで、喉を熊手でかきむしるような咳で、苦しそうにむせているのを聞いていると、ほんとうに気がおかしくなりそうです。ミョォーンギー。ああ、なんという罰当たりが、なんという親不孝ものが。おまえの母さんが、こうして胸を痛めて死んで行くのも知らないで、いったいどこで何をしているのお、ああ、あたしの息子よ。海南宅は昼であれ夜であれおかまいなしに、何か呪文でも唱えるようにそのすさまじい嘆き節を、ひとり部屋の中でえんえんと言い続けるのでした。私はその嘆き節が、おそろしく嫌いでした。昼間は、海南宅と私、ふたりだけだったので、ほとんど一日も欠かさず繰り返される、その哀れなうめき声に堪えなければならなかったからです。そういう日はきまって、夢の中でその老女を押し倒し、私は狂ったように両手でその首を絞める夢を見ました。

それよりもいっそう堪えがたいのは、しばしば繰り返される海南宅の不気味な発作でした。真夜中に突然ドアをガタンと押し開けると、バタバタと庭に駆け出して、ミョンギー、帰ってきたのかい、私の息子がやっと母さんのところへ帰ってきたんだね、と大声をあげるのでした。そしてかならず、門をガタガタと大きく開け放つのでした。そのたびに、私と妻は跳ね起きて、何が起きたのかとぎょっとしたことが、一度や二度ではありません。外を見ると、その哀れな老女は真っ暗な闇の中で、鳥の巣のような髪を振り乱しながら、門の前で立ち尽くしているのでした。息子が帰ってきたと思ったのです。あきらかに、確かにはっきりした声を聞いたというのです。いいや、ほんとうだよ、夢を見ていたら、あの子が白い花を胸いっぱいに抱いて立っていて、母さん、僕だよ、ミョンギが帰ってきたよ、と言って、あたしのほうへ一歩一歩歩いて来たんだよ。そのとき、はっとして目を覚ますと、ほんとうに門がガタンガタンと鳴っていて、あの子が母さんを呼んでるじゃないか……。こんなふうに海南宅は、とうてい話にならないようなことを、頑として言い張るのでした。

しかし私たちふたりは、その哀れな老女の期待がどれほど無駄なことであるか、よくわかっていました。あの年の春の日から四年がたつというのに、杳として消息の知れない息子が、ふたたび帰ってくるとは思えなかったからです。おばさん、どうか落ち着いて。息子さんはきっと帰ってきますよ。あんなまじめで親孝行な青年が、お母さんを忘れるわけがないじゃありませんか。たぶん立派になって、いつかお母さんと一緒に住もうと、どこかで一生懸命に働いているはずですよ。妻と私が海南宅に言ってあげられるウソは、ようやくそれだけでした。ところが、そのたびに私は喉がにわかにひりひりして、息ができなくなり、胸が苦しくなるのでした。そうです。あの毒ガスでした。そいつはいつも気配もなくどこかに隠れていて、陰険な殺人者のようにいきなり現れて、喉をぐいぐいと締めつけるのでした。

その日もそうでした。アイゴォー、アイゴォー、という老女のうめき声を聞きながら、私はしばらく全身に冷や汗をびっしょりかいて横になっていました。妻は枕もとに座り、ほつれた私のシャツの脇のあたりを繕っているようすでした。日曜日ともなると、いつもたまった洗濯をし、家じゅうすみずみまで掃除をするのが、几帳面な彼女の仕事でした。出産予定日まであと二カ月を切っている妻の膨らんだ腹、そしてその上で動いている針をもった白い指を眺めて横になっていると、私は急に、妻がひと針ひと針縫っているその尖った針先が、確かに妻の膨らんだ腹めがけてぶすぶすと突き刺さるような錯覚に身震いを覚え、がばっと起き上がりました。アイゴォー、アイゴー、このろくでなしい……。壁の向こう側から、おぞましい嘆きと繰り言がまたしても聞こえてきて、ふと鼻の奥がつんとしたのです。毒ガスでした。毒ガス。のたうちまわる私をつかまえて妻は、習慣のように、気狂いあつかいをするんですよ。まったく、とんでもない。私の妻は、そのくらい鈍い女なんです。あのひどいぞっとするような臭いが、まったくわからないというんですから。ほんとうに、頭がおかしくなりそうでした。でも私は、この日はとりわけ毒ガスの臭いが堪えられませんでした。吐きそうでした。

外へ飛び出すと、そこらじゅうをやたらめったら歩きまわったあげく、通りがかりのバスにとび乗りました。休日でしたが、バスの中は混んでいました。プロ野球の決勝戦が無等球場《ムドゥン》であるようでした。何げなく顔を上げてみると、そこに無数の人々の手首が、白い取っ手の輪に突き通されてずらっと並んでいました。そうです。皆、逮捕された罪人でした。バスの中に閉じ込められた我々は皆、手首に白い手錠をはめられたまま、どこか知らないところへ、一言の抗弁も抵抗もなしに、黙々と押送されているところでした。腐乱した皮膚を白くさらけ出して、死体のように虚空にぶらさがっているその無数の手を眺めているうちに、また毒ガスが喉を、容赦なく締めつけてくる感じでした。バスが道庁前にさしかかったとき、あたふたと飛び降りました。

日曜日の午後の街は、のんびりと行き交う歩行者でにぎわっていました。空は曇っていましたが、雨のふるような気配はありませんでした。全一《チョニル》ビルの前の横断歩道を渡り、漁協の建物のほうへ歩いていきました。私は、例のあの階段に立って、かなり長い間、目の前の広場と噴水をじっと眺めていました。この日に限って、広場の中央の噴水は、爽快に水を吹き上げていました。疾走する車の騒音に混じって、ザザァーという水の落ちる音が聞こえてきました。それはまるで今まさに臨終を迎える人の息遣いのように、低く粘っこくまといつくような音でした。この上なく平和な広場の風景を見ていると、かえってあの雨の晩、まさにこの場所で見たおぞましい光景が、しきりにわき上がってくるのでした。あれはほんとうに幻影だったのでしょうか。土砂降りの暴風雨の中で、うっかり幻をみたのでしょうか。私はにぎわう大通りに立って、まだざわざわと波立つような夢を見ている気分でした。

その間も車はひっきりなしに通り過ぎ、街の路地のあちこちから歩行者が蟻のように這い出してきては、たえまなく流れていきました。バス停には収容所のテントのナンバープレートのような数字がつけられていて、自分たちを乗せて行く市内バスが来るたびに、人々はそちらのほうへどっと押しかけるのでした。まるで誰かに押されているように、ホイッスルにせき立てられているように、互いに肩をぶつけ追い立てられるように、せわしげにバスに乗り込む市民たちをつかまえて、私はこう尋ねたかったのです。あの年の五月、あの広場を通って長い行列を作って消えていった大勢の人々の行方を、ひょっとして知りませんか、と。鮮やかで美しい赤い花びらを口にくわえ、彼らは一体全体どこへ行ってしまったのですか、と。そしてあの大勢の人々は、どうして誰も帰ってこないのですか、と。どうして海南宅老女の一人息子は、いまも消息さえわからないのですか、と……。しかし結局、何も言えずに家に戻ってきたのです。

その日から私はまる二日間、水だけ飲んで横になっていました。口を大きく開け、身じろぎもせず横になっているだけなのに、呼吸が苦しく、喉から風の吹くような変な音がするのでした。どこからどう始まったのかさえわからない、そのむかつく臭いは、倒れている私の胸の上にのしかかってきて、いつまでも喉を締めつけるのでした。目が真っ赤に充血し、まもなく喉の奥までぱんぱんに腫れあがり、唾を呑み込むのさえ困難になりました。ああ、ついに私はこうして死んでいくのか。そう思うと、私はとてつもない悔恨と無念を禁じることができませんでした。そう、私はこのまま死ぬわけにはいかない。どうあっても、こんなふうにむなしく目を閉じるわけにはいかない、という思いがわいてきました。いてもたってもいられず私は跳ね起きると、スケッチブックを取り出しました。じつに久しぶりに描く漫画でした。私はそこに、あの雨の降る晩の恐ろしい光景を、花びらを全身に真っ赤に貼り付けてどこかへ連行されていく人々の行列を、一気に描きました。それから板きれと釘を探してきてプラカードをひとつ作ると、そこに太い文字でこう書きました。

〈私は今、得体の知れない毒ガスと毒物によって、日ごと死につつあります。どうか、助けてください。——断食三日目〉

漫画は紐を通して首に掛け、手にプラカードを持ち、私は街へ出て行きました。そして歩行者でいちばん賑わっている忠壮路の郵便局の前の階段に、何時間もみじろぎひとつせず立っていました。人々が集まってきて、みな指をさして笑いました。硬貨をおいていく人、ガムをほうる人、ジュースをのんだストローを投げていく人、たまに無言で私の手を取って、うなずきながら握手をしていってくれる人もいました。それでも私は、ずっとマネキン人形のようにじっと立っていました。翌日も同じように郵便局の前に行きました。

〈……私を助けてください。――断食四日目〉

その翌日もまた、そこへ行きました。五日目になるその日も、私はまったく何も口にしないままでした。ところがまさにその最後の日の午後、ひとりプラカードを持って立っていると、やつらが私を捕まえにきたのでした……。


さあ、これで終わりです。先生が私から知ることのできることとは、これですべてです。もうこれ以上何も話したくありません。おわかりですね。これでもう話は終わりです。ふっふっふ。ところで、先生、ひとつだけ知りたいことがあるんですがね。あのう、私はまた漫画を描くことができるでしょうか。定規を使わなくても、あの憎たらしい直線を、昔のようにするすると描くことができるでしょうか。それから何といってもこの毒ガス、むかむかして気味の悪いこの毒ガスの臭いは、一体全体どこからどのようにして、花粉みたいにふわふわ漂ってくるのでしょう。そう、ほかの人たちは皆何ともなく生きているのに、どうしてよりによって私だけ、こんな苦痛を舐めなければならないのか、ほんとうに私にはわからないのです、先生。

著者

林哲佑（イム・チョルウ）

1954年、全羅南道生まれ。全南大英文科、西江大英文科大学院卒。韓神大学教授。81年デビュー。朝鮮戦争、光州民衆化運動など分断の問題とイデオロギーの暴力性を素材に、社会的テーマを叙情的な文体で描く。主な作品に『父の地』『懐かしい南』『月光踏み』『水の影』『赤い部屋』『灯台の下で口笛』『春の日』などがあり、『あの島に行きたい』は映画化された。楽山文学賞、丹齋賞、李箱文学賞、韓国創作文学賞などを受賞。邦訳に「父の地」ほか。

訳者

神谷丹路（かみや にじ）

1958年生まれ。国際基督教大学卒業。出版社勤務を経て韓国語の翻訳に携わる。著書に『韓国 近い昔の旅―植民地時代をたどる―』『韓国の小さな村で 近い昔の記憶』（共に凱風社）、『韓国歴史漫歩』（明石書店）、共著に『お祭りと祝祭が出会うとき』（アドニス書房）、訳書に『よじはんよじはん』（福音館書店）、共訳に『太白山脈』全10巻（集英社）など。現在、法政大学・東京女子大学非常勤講師。

作品名　直線と毒ガス

著　者　林哲佑 ©

訳　者　神谷丹路 ©

＊『いまは静かな時―韓国現代文学選集―』収録作品

『いまは静かな時―韓国現代文学選集―』

2010年11月25日発行

編集：東アジア文学フォーラム日本委員会

発行：株式会社トランスビュー　東京都中央区日本橋浜町 2-10-1

TEL. 03(3664)7334　http://www.transview.co.jp